Heinrich Mann

Die Tote

und andere Novellen

Bibliografische Information der Deutschen Nationalbibliothek:
Die Deutsche Nationalbibliothek verzeichnet diese Publikation in der Deutschen Nationalbibliografie; detaillierte bibliografische Daten sind im Internet
über http://dnb.dnb.de abrufbar.

Herstellung und Verlag: BoD – Books on Demand, Norderstedt

ISBN: 978-3-7526-4763-1

Inhaltsverzeichnis

Die Tote

I.

Als am Ende des Sees der Zug hielt, stieg Leo Cromer, ohne die Gedanken an die gehabte Beratung abzubrechen, aus, ging in dem Mondlicht um den Schuppen herum, der eine Bahnhofshalle bedeutete, und betrat den dunklen Baumgang. Einmal erhob er den Kopf; hinter den Stämmen das Wasser lag weiß wie Gewebe des Lichts, die Ufer schienen unwirklich, die Stille ein Geschrei von Geistern ... Dies war der dichtere Schatten seines eigenen Grundes, er stand und atmete die verborgene Wärme, das tiefe Alleinsein. Dahinten, zu Wolken versilberten Laubes hinab, stieg die flimmernde Treppe seines Hauses, die Vasen rannen über von Licht, die Stufen hernieder ging es wie eine Schleppe. Sie ward bewegt! Aus ihren Falten neigte sich ein Fuß! ... „Was heißt das?" dachte Cromer. „Jetzt habe ich also Gesichte? Ich scheine nicht eben glücklich zu sein — wenn gerade sie sich mir zeigt?" Er fragte noch: „Wäre ich es denn zufrieden, daß sie, wie früher, wenn ich aus der Stadt heimkam, bei dem Busch dort auf mich zuträte? Bin ich schon alt und müde genug, um billig zu sein und mich zu bescheiden? ... Sie hat wohl gebüßt," sagte er; aber er hob die Schultern. „Buße? Ein Wesen wie sie, stirbt aus Zorn, seiner Selbstachtung zuliebe, oder einfach um des guten Abgangs willen. Nicht für mich ist sie gestorben! Ich habe ihr nicht zu danken gehabt. Ich habe nichts bereut."

Auf der Terrasse angelangt, wendete er sich nochmals um; er sah aufwärts und hinab, zu dem Garten, der dunkel duftete, und in die breiten Sternenströme des Augusthimmels. „Wer schlafen geht, versäumt viel, — aber auch, wer denken und handeln geht ... Unsereiner weiß dies von vormals; ganz erfaßlich sind solche Nächte nicht mehr für uns ... Was für Gedanken übrigens bei jemand, der geradeswegs aus einer Versammlung von Machtmenschen kommt! Ich kenne mich längst, die Fragen sind erledigt, ich habe nichts versäumt, was mir gegeben war. Erfolge: ich habe sie gekannt. Ich habe mit Menschen übergenug zu tun gehabt, ich habe Frauen und Männer erobert und niedergekämpft, habe vielen die Spur meines Daseins aufgedrückt, die mich hassen oder lieben mußten. Ich habe selbst gehaßt, selbst geliebt."

Er zog sich gegen die Fassade zurück, in den Schatten eines Pilasters. „Wie dies alles schal wird, sobald man es sich rühmen möchte! Wie es zerrinnt! Menschen: habe ich denn mehr bei ihnen erfahren, als ein kraftloses und schmerzliches aneinander Hingleiten? Das Leben ist vergangen wie eine Diskussion im Klub; man hat einander amüsiert oder weh getan, zum Schluß aber steht jeder auf, mit seiner Meinung. In Wahrheit habe ich keinen Mann überzeugt, keine Frau ganz gewonnen, habe niemand je zu mir herübergebracht."

Angstvoll folgte sein Blick der Bahn der Sterne, die herabstürzten aus dem wimmelnden Schein, und die, bevor das Auge sie erfaßte, schon im Dunkel waren. „Die Menschen halten einander nicht. Ich habe Lida nicht gehalten. Woher der bittere Geist, der Seelen nehmen will und doch nicht an sie glaubt! Ich habe lieber verworfen als standgehalten, und bessere Augen für den Verrat gehabt als für die Hingabe. Lida wenigstens ist mir die Antwort nicht schuldig geblieben, die Toten haben das letzte Wort. Da stehe ich nun ..."

Und er dachte an die längst Vergangene, so nahe, als triebe der Geisterstrom des Mondlichts, in das er hinausstarrte, ihn bis zu dem Ufer, wo ihr Schatten wartete. Sie war das glänzende Glück seiner ersten reifen Jahre gewesen. Er hatte Erfolge gehabt, die bekannt wurden; diese Liebe, die er entgegennahm, trug zum erstenmal Zeichen von Tribut und Lohn. Aber auch er huldigte ihrer weltlichen Geltung, dem Reichtum an Bewunderung, dem die schöne Schauspielerin gebot. Sie liebten einander, wie Geist und Sinne den Vollbesitz des Lebens lieben. Ihre Beziehungen waren unsentimental und darum gefährdet bei jedem Versagen. Monate lang getrennt durch ihre Gastspiele und seine politischen oder Geschäftsreisen, erwarteten sie einander immer nur auf der Höhe und den Ereignissen überlegen. Probleme? Jeder von ihnen hatte sie bei anderen abtun können; zwischen ihnen beiden lagen keine, sie hätten sonst, anstatt ihre Heirat zu erwägen, einen raschen Strich gezogen. Warum nur, bei solchem Einverständnis, die unvermittelte Befangenheit seit ihrem letzten Gastspiel, das Erzwungene jenes Briefes, und als sie zurückkam, das unklare Wesen? Er glaubte an Mißerfolg, Krankheit, Geldverluste, nur nicht an das, was dann in der Abschiedsszene wund und verworren endlich aus ihr hervorkam, weil er es hervorzerrte. Sie hatte ihn betrogen. Wozu betrogen? Sie war frei, war stolz, nichts nötigte sie, zu berechnen und zu lügen. Sie war vor ihm zusammengebrochen und weinte — und er empfand, was er mit ihr, mit ihr nie hätte empfinden dürfen, Mitleid, ein verachtungsvolles Mitleid. Er drehte ihr den Rücken. Gleich nachdem er ihre Wohnung verlassen hatte, geschah das Unglück.

Ein gewöhnlicher Unglücksfall. Die Frau, die nun nicht mehr da war, hatte sich selbst verloren, bevor er sie verlor. Ihr Ende war äußerlich, schattenhaft; ihn, der als Freund einer beliebten Künstlerin an ihrem Sarge repräsentierte, ging es noch weniger an als die anderen. Was ihm übrig blieb, war Bitterkeit, Zorn und eine Vermehrung seiner Zweifel am Leben selbst. Man konnte noch gewinnen, man konnte nicht mehr glauben, zu besitzen ... Dennoch hatte er wieder geliebt, Zwischenfälle, die auch schon dahin waren. „Ebenso gut könnte ich der oder jener gedenken, warum ihrer? Ist es, weil sie sterben mußte, und weil solche süße und weiße Nacht werben möchte für den Tod? Es ist wahr, sie kam als Letzte, bevor ich alterte. Aber noch jetzt bin ich weit von fünfzig."

Er trat in das Haus; es schien ihm erfüllt von einem Duft, wie wenn das Mondlicht geduftet hätte. Durch das offene Fenster seines Zimmers fiel es auf die Wand, scharf abgegrenzt und weiß wie ein Spiegel. Er ging im Dunkeln zu Bett, suchte aber nicht einzuschlafen. Es schien ihm eigentümlich nutzlos, Verzicht zu leisten auf dieses ungewollte Lebendigwerden toter Stunden, toter Augen. Sie waren da, viel eher konnten Stunden und Gesichter des bevorstehenden Tages ausbleiben als sie. Sie war da! Ihre Augen waren da, ihr Lächeln kühn und lockend wie je! Aus der Tür ihres Zimmers hervorgetreten, stand sie in einer fremden Helligkeit ihm wirklich gegenüber und sah ihn an! Er fuhr auf: „Lida!" — und ihm setzte das Herz aus. Da begriff er, daß es nichts war als ihr Bild, die große Photographie, die er nach ihrem Tod aus seiner Nähe entfernt hatte. Das Mondlicht war dorthin gerückt, scharf begrenzte es das Bild. Wie aber kam das Bild auf die Tapetentür, genau auf die Tür? Cromer sah nach; Das Bild war unbeweglich; unten versperrte es den Türgriff, man konnte nicht öffnen. Er drehte die Beleuchtung auf. Durch zwei kleine Löcher in der Tapete lief eine Schnur hin und zurück und in die Ringe am Rahmen. Er wollte einen der Knoten lösen: da war es keine Schnur, es waren viele Fäden, seltsam weich und zäh. Er riß; das Bild stürzte, und in der Hand hielt Cromer eine lange goldblonde Haarsträhne.

Darauf sah er in das Gesicht der Toten. Er fragte: „Wozu dies, da es unmöglich ist. Wozu Rätsel aufgeben, die keine sein können ..." Dennoch zögerte sein Gedanke, nicht anders als sie, die Tote, dastand und zögerte. Sie hielt eine Hand, eine ihrer vielsagenden Hände am Saum eines Vorhanges, den sie nicht öffnete. Den Kopf verheißend zur Schulter geneigt, die Augen so wissend in ihrer Umschattung, und dieses Lächeln der gelösten Lippen, — aber sie öffnete nicht den Vorhang. Er zuckte die Achseln. Die Haarsträhne ließ er nochmals sachlich durch die Finger gleiten, dann warf er sie zu dem Bild. Mochten es Frauenhaare sein, so waren es doch nicht ihre. Er hatte sich keine von ihr zurückbehalten, er war weit davon entfernt gewesen. Sein Diener, ein eifriger Mensch, hatte in der kurzen Zeit seines Hierseins schon mehrere Zeichen von Selbständigkeit gegeben. „Er hat es richtig gefunden, mich mit dieser Neuerung zu überraschen. Die Art der. Befestigung ist auffallend. Immerhin ist er jung und offenbar romantisch. Ich werde ihn auffordern müssen, es weniger zu sein." Er wollte läuten, zog aber die Hand zurück. „Bin ich denn neugierig? Welchen Zweck hätte es, in der Nacht ein Gespräch vor diesem Bild zu führen?" Er zuckte die Achseln, stärker als das erste Mal, und ging ernstlich schlafen.

II.

Gleich beim Eintritt sah der Diener das Bild, das am Boden lehnte. Er stutzte, sein eifriges, blondes Gesicht erschrak, und er schien dem Bilde seine Mißbilligung auszudrücken, weil es seinen ordentlichen Platz verlassen hatte. „Er müßte schon ein guter Komödiant sein," dachte Cromer, „sonst ist er eine wohlgeratene Dienerseele." Er sagte: „Philipp, Sie bringen mir den Tee ohne die Schürze, die Sie anhaben." Der junge Mensch betrachtete seine Schürze, blinzelte mit seinen geröteten Lidern und erwiderte: „Beim Herrn Grafen von Alten kam ich in der Schürze." Nein, er verstellte sich nicht, die natürliche Erklärung des Vorfalles schien mißlungen. Aber Cromer fühlte nicht das Bedürfnis, eine fernerliegende zu suchen. Auf der Fahrt zur Stadt verlor er die Sache aus dem Gesicht.

Warum war er dennoch gegen Abend wieder draußen? Er versäumte sogar eine Verabredung zum Essen. Leichter Kopfschmerz? Ruhebedürfnis? Gewiß; darum schien es aber nicht nötig, den Garten zu durcheilen, als wartete Jemand. Es war noch hell, Haus, Wege und Terrasse lagen nackt und klar unter blauem Himmel. Im Zimmer an der Tapetentür — nein, nichts, ganz selbstverständlich nichts. Aber wenn begreiflicherweise niemand und nichts auf ihn gewartet hatte, blieb doch zu bemerken, daß er selbst nicht frei von Spannung gewesen war — und vielleicht nicht frei von Hoffnung? „Wäre es mehr als Kinderei, wenn ich etwas zu erleben wünschte, was eine Fortsetzung des gestern Erlebten wäre? ... Ach! Das Beunruhigende ist keineswegs, daß ein Bild ohne erkennbaren Grund den Platz gewechselt hat, sondern meine gleichzeitigen Gedanken. Indes sie kam, fühlte ich sie kommen," sagte er halblaut und mit Kopfschütteln. „Anderen soll ein Sterbender von fern sich ankündigen, wenn sie ihn nur genug liebten. Ich habe eine bevorstehende Rückkehr geahnt." Denn es lag in ihm, trotz seinem besseren Wissen, als hätte er ihre Spur berührt und von ihrem sich wieder belebenden Schatten ein Zeichen erhalten. Das bessere Wissen sagte: „Vorgefühl und Gesichte heißen mit ihren ehrlichen

Namen Sehnsucht und Reue. Man lebt nicht ungestraft ein illusionsloses und ungläubiges Leben — nicht ungestraft, wenn man weder einen leichten Kopf noch ein stumpfes Herz hat. Der Augenblick ist wohl gekommen, wo ein Wesen mir nicht unwillkommen wäre, das ich verachtet und verworfen hatte."

Er stand vom Stuhl auf, er wiederholte sich sein Geständnis am anderen Ende des Zimmers, als müßte es dort anders klingen. Aber er vernahm nur immer den Zweifel, ob es denn nötig war, daß sie starb. Da hielt er schon das lederne Kästchen in Händen, mit ihren Briefen. Er las — und er fand es sonderbar, wieder ganz diesen Tonfall zu hören, als sei er erst gestern ausgeklungen. Angesichts ihrer großen, raschen Schrift traten einem unverhofft die wechselnden Mienen ihres im Ausdruck geübten Gesichtes wieder vor Augen. Alle ihre früheren Mitteilungen waren offen, ohne Rückhalt, und glichen so wenig diesen letzten, andeutungsvollen, fieberhaften. Von dem ganzen Gastspiel nur der eine Brief — und aus ihm bebte die Hast des Zusammenraffens von Ruhm, Geld, Lebensgefühl. Feststimmung jeden Abend, nach dem zweiten ihr Kontrakt verlängert, ihr Auto vor dem Bühneneingang immer umlagert. Den Erfolgen entsprachen die Huldigungen, und des Nachts hieß es, Rollen lernen. Jagd des Vergnügens, Jagd der Arbeit, nie schnell genug, nie ergiebig genug — aber mitten darin etwas wie ein Atemstocken, verhaltenes Erschrecken: es ist nicht mehr weit ... „Wie lange soll dies alles noch dauern?" fragte sie. „Manchmal habe ich es satt zum Sterben — und sehne mich nach etwas, das kein Erfolg wäre, kein Triumphieren, o, durchaus kein Triumphieren! Es muß Dinge geben, die stärker sind als unser Wille: hier, gestern, bin ich zum erstenmal darauf gestoßen worden; kann sein, daß ich noch mehr erfahre, etwas wie eine Niederlage; denn Erlebnisse, die wir weder beherrschen, noch verstehen, sind doch Niederlagen?"

Welch tiefinnere Überreiztheit, diese verderbte Neugier nach der Selbstaufgabe! Cromer ward gequält davon, wie damals, beim ersten Lesen. Er sah lange durch die offene Gartentür hinaus in die grau dämmernde Luft. Als er zu dem

Brief zurückkehrte, ließ sich im Zimmer nur schwer noch lesen. Er entzifferte: „Der Herr, der mich auf diese Gedanken gebracht hat, scheint an sich selbst nicht sehr empfehlenswert. Er sieht aus wie ...“ Hier ward das Blatt geknickt von einem Luftzug, der so plötzlich einsetzte, als sei auch die Tür im Hintergrund geöffnet worden. Sie stand offen; Cromer, der niemand eintreten sah, tat eine raschere Bewegung, sein Stuhl fiel um. „So finde ich doch Menschen hier?“ sagte eine Stimme, — und von der Farbe des Schattens und schlecht aus ihm herausgelöst, zeigte sich eine Gestalt, die auf hohen Beinen einen kaum erkennbaren Körper fortbewegte. Zwei lange Schleichschritte, ein zuckendes Anhalten, und wieder ein Anlauf, mit Verbeugungen über jeden Schritt des linken oder rechten Beins: so kam es herbei. Cromer, im unwillkürlichen Drang, es aufzuhalten, drehte die Tischlampe an; der grelle Schein fiel genau auf die Gestalt, da stand sie. Cromer sah einen großen und scharfen Kopf, der spöttisch grüßte, und, mit seinen Brillen funkelnd, sagte: „Ich komme wegen des Hauses. Es ist zu verkaufen.“ Und auf Cromers trockenes Nein: „Wie, nicht zu verkaufen? Man hätte mich falsch berichtet ...? Oder, die Wahrheit zu sagen. —“ Der Besucher spreizte die Hand, mit einer bedeutsamen Rundung zwischen Daumen und Zeigefinger. „Vielleicht hat niemand mich berichtet. Nur meine Einbildung verhieß mir, dies Haus, abseits und verschollen“ ... Er wiederholte: „Verschollen ... Genug, ich ziehe mich zurück. Es war dunkel überall, kein Mensch trat mir entgegen, Verzeihung für mein Eindringen, ich bin ...“ Er murmelte, sich abwendend, etwas wie einen Namen, wobei er den gefalteten Sommermantel wieder hinaufschob auf die Schulter, die höher schien als die andere. Dabei zögerte er und spähte die Wand hinan. Auch Cromer wendete sich hin — und er fuhr zurück, das Bild sah ihn an, ihr Bild, mit ihrem kühnen und lockenden Lächeln, an dem Vorhang, aus dem sie kam, oder in dem sie verschwinden sollte.

„Ihnen ist unwohl?“ fragte der Besucher. Cromer faßte sich.

„Nein.“ Seiner noch nicht sicher, setzte er hinzu: „Sie scheinen das Bild wiederzuerkennen?“

„Nicht im geringsten." Der Besucher spreizte schon wieder bedeutsam die Hand. „Höchstens, daß es mich erinnert hat, an eine berühmte Schauspielerin, die ich kannte."

„Die Sie kannten."

„Will sagen, ich weiß nicht einmal, ob sie berühmt war. Ich bin kein Weltmann." Dabei lächelte er bescheiden und geistreich. „Aber es gibt Stunden, und eben Frauen, wie jene, die mir einmal begegnete, haben wohl solche Stunden, da spricht man zu einem Erstbesten, was man nicht einmal zu sich selbst sprechen würde — geschweige zu seinem Nächsten."

Hier schien sein Blick hinter den Gläsern den Tisch zu streifen, mit den Briefen darauf, ihren Briefen. „Wollen Sie sich nicht setzen?" sagte Cromer.

„Danke. Ich verweile nicht ungern ein Wenig. Der Zug fährt erst in einer halben Stunde hier vorüber. Ich bin ermüdet vom Reisen. Eine Reise, das Leben," sagte er und legte, einer Anerkennung gewärtig, die rasierten Lippen in Falten. Cromer wechselte ungeduldig den Platz. „War es denn so bemerkenswert, was die Dame Ihnen erzählte?" fragte er nachlässig. Der Besucher machte es sich bequem, er stützte den schwachen Körper gegen seine umeinander gewundenen Beine, ließ eine Hand, die schmale Hand eines Verkrüppelten, über das Knie hängen, und lugte hervor unter seiner niedrigen, aber umwölkten Stirn, in die Löckchen fielen.

„Bemerkenswert?" sagte er klangvoll und mit runder Aussprache. „Keineswegs für den Freigeist, der ich bin. Aber wenn Sie es hören wollen, wohlan denn! Ich glaube nicht, daß die berühmte Schauspielerin mir zürnen würde. Sehr wahrscheinlich, daß sie alles nur in der Phantasie erlebt und es längst wieder vergessen hat ... Sie war damals der Gast eines kleineren Theaters, dessen Spielplan sie unbedingt beherrschte. Sie hatte sich Rollen mitbracht, darunter eine, die nirgends erprobt und niemanden bekannt war. So wenigstens sagte sie mir — und setzte hinzu, daß trotzdem in einer Gesellschaft ein Unbekannter ihr den Inhalt eben dieser Rolle deutlich vorhergesagt habe, ihn ohne weiteres erraten habe aus ihrem Gehaben, aus unmerklichen Zeichen, einem Lachen, einem

Nichts ... Eine Taschenspielerei, wie? Die Künstlerin — man begreift, eine Künstlerin — kann es nicht so leicht nehmen, wie sie möchte. Der Unbekannte verfolgte sie nun."

Der Unbekannte auf dem Stuhl dort lächelte durchdringend. Oben auf seinen Wangen war ein wenig Röte erschienen. „Sie spielt die Rolle, die er erraten hatte, und glaubt ihn im Theater. Sie spielt matt, wie betäubt! mit einem Schlag wacht sie auf, legt los, erreicht alles, was sie will! Nachher erfährt sie ..." Der Unbekannte stieß die Worte einzeln aus, er punktierte sie mit seinen langen Fingern auf dem Knie, und sein spitzes Gesicht ward unerbittlich anzusehen. „Bei dieser Szene hatte er das Haus betreten ... Hier faßt sie die Angst, zum erstenmal echte Angst; sie schilt sich aus, weil sie versucht ist, abzureisen, nur um nie dem Menschen wieder zu begegnen, — der übrigens persönlich nicht weniger unheimlich gewirkt haben soll, als durch seine Taten." Das Lächeln des Unbekannten ward feucht und krampfhaft, ein Lächeln, gemacht aus Bosheit, Eifer und Scham.

Cromer sagte nach einer Pause: „Natürlich ist sie nicht abgereist."

„Weit entfernt! Menschen von Rasse sind nicht feige vor dem Unerklärlichen — vor dem scheinbar Unerklärlichen! Sie weicht ihm aus, jenem Wesen, leider hilft es nichts. Ein Abend erscheint, an dem sie in ihrer Garderobe sitzt, im ersten Stock des Theaters, dies ist wichtig, und bis ihr Stichwort kommt, noch einmal ihre Rolle durchliest. Das Buch liegt im vollen Licht der Lampe, die über dem Toilettetisch hängt, aber auf einmal ist ein Schatten darauf. Die Künstlerin erkennt eine Nase, eine gewisse lange, gebuckelte Nase, ihr nur zu wohl geläufig." Und der Unbekannte hielt, wie zur Erläuterung, sein eigenes Profil hin. „Aufspringen, schreien — das tut sie nur innerlich. In Wirklichkeit wendet sie ruhig den Kopf und sagt: „Wie kommen denn Sie dahin?" Seltsam, er ist nicht da, niemand ist da. Sie kehrt zu dem Buch zurück, das weiß und leer ist. Kaum aber will sie lesen, schiebt sich wieder der Schatten darauf. Da ist sie freilich vom Stuhl gefahren, hat alles durchsucht in dem Raum, das Fenster aufgerissen, aber es lag zu hoch und in einer glatten Mauer. Die

Künstlerin weiß nicht mehr ein noch aus, ihr schwindelt, sie wäre einfach davongelaufen; zum Glück klopft der Inspizient an und holt sie. Er geht vor ihr her über die Treppe, es ist halbdunkel, und merkwürdigerweise weiß sie, daß soeben jemand hinuntergehuscht ist, an ihr vorbei, wenn sie auch nichts gesehen hat. Und sie ist nicht im geringsten überrascht, daß auf der Bühne statt ihres Partners ein anderer steht: man weiß schon, wer. Sie spielt wahnsinnig aufgepeitscht, wie vor einer Katastrophe, wie um das Leben. Man sagte, daß sie gut sei. Hinter der Szene trifft sie den Direktor, der klatscht. Sie fragt ihn: „Warum haben Sie mir denn im letzten Auftritt einen anderen Partner hingestellt?" Und er ganz verblüfft: „Einen anderen?" worauf sie macht, daß sie fortkommt."

Der Unbekannte stand auf. „Da wäre wohl mancher gelaufen. Ich selbst, nachdem ich Ihnen alle diese Märchen aufgetischt habe, weiß nichts anderes mehr, als das Weite zu suchen. Leben Sie wohl!"

„Einen Augenblick!" Cromer trat drohend auf ihn zu. „So schließt die Geschichte nicht."

Da sah er, daß durch die Brillengläser des Unbekannten eine Flamme stach.

„Möglich, daß sie nicht so schließt. Die schöne und berühmte Künstlerin fiel gewiß, je schöner und berühmter sie war, um so unrettbarer in die Macht jenes Unbekannten. Das sind Affären, zu denen kein Blick mehr reicht."

Und er ging. Cromer kam ihm zuvor, stieß die Tür auf und überraschte dahinter seinen Diener. „Geleiten Sie den Herrn hinaus," sagte Cromer; aber der junge Mensch blinzelte fragend, rührte sich nicht und sah nicht einmal hin, als der Besucher vorüberkam. Cromer selbst öffnete ihm das Haus und auch draußen blieb er dicht hinter ihm.

„Liebliche Nacht," sagte der Unbekannte. „Man durcheilt sie, war da und kehrt nie wieder. Aber ich habe nun doch auf Ihrem Stuhl gesessen; und von jetzt an, so oft Sie in Ihrem Zimmer jenes Bild wiederfinden —. Ah! Niemand hat das Recht, zu glauben, daß die Menschen nur aneinander vorbeistreifen und nichts sei geschehen."

Damit stieg er spinnenartig aus der Gartenpforte. Vor Cromer hielt er sie zu. „Ich höre meinen Zug schon. Wenn Ihr Haus zum Verkauf steht, sehen Sie mich wieder." Und er verschwand im Schatten. Cromer ging schnell zurück, um nach dem Polizeipräsidium zu telephonieren, man möge das Individuum im Bahnhof erwarten. In der Nähe des Hauses zögerte er, er überlegte, daß nichts Greifbares vorliege; im Grunde aber wußte er wohl, daß er gar nicht gewillt sei, einzugreifen in die Vorgänge um ihn her, nicht fähig, das Geheimnis, das heranwuchs, vor der Zeit zu zerreißen. Die Terrasse ward soeben beleuchtet; der Diener hatte den Tisch gedeckt und stand eifrig wartend. Cromer ging hinauf. „Philipp, warum haben Sie den Herrn unangemeldet eintreten lassen? ... Nun?"

„Welchen Herrn meinen der Herr?"

„Den, der soeben mit mir fortging."

„Ich habe niemand mit dem Herrn fortgehen gesehen."

„Sie haben niemand gesehen?"

„Nein."

Cromer sah ihm in die Augen. Der Diener blinzelte fragend wie je. Da sein Herr mit der Hand andeutete, die Sache sei erledigt, ging er voll Beflissenheit an das Servieren.

Cromer suchte alsbald wieder sein Zimmer auf. Er nahm den Brief vom Tisch, ihren letzten und traf mit dem ersten Blick die Stelle, bei der er unterbrochen worden war. „Er sieht aus wie eine Spinne, und so unheimlich und unentrinnbar gebärdet er sich auch ... Natürlich klingt dies, von mir gesprochen, lächerlich. Nicht wahr, Lieber, was ist unentrinnbar für unsereinen. Meine Nerven, die neugierig sind, machen sich Erlebnisse vor, mit denen mein bißchen Wirklichkeit nichts zu schaffen hat. Ich spiele; und mir geschieht nur, was ich will ... Um zu dem bewußten Herrn zurückzukehren, so soll er verschuldet und etwas wie ein Hochstapler, nicht nur ein geistiger, sein. Es würde stimmen zu meinen Eindrücken. Ich will nachsehen, ob mir noch keine Wertsachen fehlen. Sobald ich Zeit habe, Näheres. Aber das ist es, Zeit haben. Ich habe keine, und mir ist, als sollte ich nie mehr welche haben."

Die überhasteten Sätze keuchten das Papier hinauf, die Buchstaben brachen zusammen. Hier endete ihr letztes Wort. Schweigend war sie dann an das Ziel getaumelt, bis in eine böse, wirre Nacht, auf die für sie kein Morgen mehr gefolgt war. Cromer sah sich in der Friedhofskapelle, die Händedrücke, die er erwiderte, und gleich neben ihm, auf einem schwarzen Kasten, in Metall geritzt, ihren Namen. „Habe ich Schuld daran? Es war wohl ein unabwendbares Schicksal, auch für mich ... Unabwendbar? So ist allein das Schicksal derer, die nicht lieben. Ich hätte anders zu ihr sprechen müssen damals. Jene Nacht war gemacht, damit ich sie in Wahrheit gewinnen sollte! Mein Gott, was habe ich versäumt! Lida, du hast gelitten, unverständlich dir selbst; und ich, der verstehen mußte, habe nur hingeblickt, um zu argwöhnen und zu entlarven. Ich war natürlich nicht ohne Feinheit, das war ich nie — aber so trägen Gefühls, mißtrauisch gegen mein eigenes Herz und ohne die Güte, die keine Einsicht braucht. Verzeih' meiner Ungläubigkeit. Wenn du kannst, so komm' — auf die Gefahr, daß ich auch jetzt nicht an dich glaube!"

Hinter ihm raschelte es, er fuhr herum. Ihre Briefe auf dem Tisch bewegten sich. In der offenen Tür war die Luft schwach und kaum zu spüren, aber eins der Blätter ward umgewendet, wie von einer Hand. Ihr letzter Brief: das Innere des zweiten, halbleeren Bogens geöffnet, und Worte darauf. „Ich will zu Dir! Ich will zu Dir!" Leo Cromer faßte sich an das Herz, er stand, sein tiefster Gedanke wagte keine Regung. Plötzlich ein Griff nach der Lampe, er stürzte hinaus, er durchsuchte mit den Augen den Schein, den er in den Garten warf. Heftig ausatmend kehrte er zurück, er hielt den Brief unter das Licht. Diese beiden Zeilen waren früher nicht dagewesen ... Waren sie dagewesen? Ihre Schrift schien echt, klarer höchstens und wie besänftigt. So wären sie nicht dagewesen — und dennoch von ihr? Noch nicht gedacht, empörte ihn sein Zweifel. Weit unerhörter war sein Zweifel, als das, was hier vorging! Er durchmaß mit starken Schritten das Zimmer. Da hielt er an, die Mienen gelöst zu einem Lächeln des Selbstvergessens. Er löschte die Lampe, setzte sich lautlos in den dunkelsten Winkel und sah, wie rufend vorgeneigt, in jenes mondbleiche Gesicht, das lockte zu Geheimnissen, auf die Hand am Vorhang, diese zweideutige Anmut einer Scheidenden, die zaudert, ob sie umkehre.

III.

Nichts geschah mehr, nichts kam hinzu, aber Leo Cromer, der die Tage verbrachte wie immer, trug an irgendeinem schweren Gefühl, wie von einer Krankheit, die ausbrechen sollte, oder als wäre er in Dinge verwickelt gewesen, die den Gesetzen widersprächen. Etwas Außerordentliches ängstigte und lockte. Zehnmal täglich und auch des Nachts zwischen dem Schlaf erinnerte er sich ihres Briefes, des gefälschten Briefes — und war glücklich, ihn dazuwissen. Er wartete nur darauf, daß ihr Bild noch einmal in sein Zimmer zurückkehre. Es war verschwunden, in derselben Nacht, als er davorsaß: kaum, daß ihm die Augen zufielen. Er wartete darauf, wie auf das Zeichen, daß sie ihn ganz in Besitz nehme und ihm verbiete, noch fortzugehen, noch Schmerzen oder Genugtuungen zu suchen, die nicht von ihr kämen ... Und eines Morgens beim Erwachen sah sie ihn an. Sie schien erwacht mit ihm.

Da verließ er nicht mehr das Haus und den Garten. Die ersten Wochen ihres Zusammenlebens waren einst hier vergangen; — und die alten Stunden teilten ihm jetzt nachträglich mehr mit, als sie damals konnten. Unter den Augen der Toten hatten sie sich angefüllt mit Reiz, Süßigkeit und Kraft. Ja, in ihr Gesicht auch, in die vielsagende Hand am Vorhang schien eine neue Unruhe zu kommen: als wollte sie reden, als drängte sie zu ihm. In solchen Minuten wendete er sich ab, um das Geschehen des Rätselhaften nicht zu stören; — und kam er zurück, lag unter ihren Briefen ein neuer, einige Zeilen auf einem Blatt, das früher halb unbeschrieben war, oder ein Zettel, der herausfiel aus einem unscheinbaren Versteck. Das Erste, was er fand, fügte sich ein in ihre alten Äußerungen; noch vor kurzem würde Cromer geglaubt haben, es sei ihm solange einfach entgangen. Er glaubte es nicht mehr; jedesmal deutlicher sagte sie ihm Dinge, die sie früher verschwiegen hatte. Ihre wahre Natur, immer verkannt von ihm, eröffnete sie ihm nun, den Überdruß am Weltlichen, am Ruhm, an den kaltherzigen Erregungen, und ihre Sehnsucht nach Zärtlichkeit, die sich bekennt, nach Hingabe ohne Zurücknahme. Er las Sätze ihres Tonfalls und Wesens, unverkennbar, und doch vom Klang des Unwirklichen, längst Entrückten. Sie erwähnte die letzten Wirren ihres Lebens, aber von fern und nachträglich. Jener Mensch, der damals die Hand nach ihr ausgestreckt hatte, sie wußte jetzt, wozu sie ihm gefolgt war. „Es sollte zu Dir führen, Lieber. Er war nicht als ein Gleichnis der Macht, die mich und Dich überschattete, und die wir nicht anerkennen wollten. Ich bin überzeugt worden, Du weißt es, wie grausam; und Du? ..." An dieser Stelle las er nicht weiter, trat vor sie hin und antwortete ihr. Das Winken ihrer Augen vor dem geschlossenen Vorhang ward dringlicher, sie sagte: „Gib dich hin! Glaube! Sei gewärtig, daß ich komme und endlich dein sei!" „Komm!" rief er.

Mit der Ermüdung ergriff ihn wohl die Besinnung. „Was tue ich! Ich weiß, daß ich betrogen werde, — und ich selbst helfe dazu! Ach, mein Bedürfnis zu lieben, ist schon größer als das, die Wahrheit zu sagen. Diese Briefe sind untergeschoben von einem Schwindler, es steht zu vermuten, von welchem. Hier spricht er von sich, er droht. „Wenn er Dir begegnen würde, Du könntest noch tausendmal besser als ich verstehen, daß er Dich betrügt, und würdest doch nicht wollen, daß es aufhört. Er ist um Dich her, täuscht Dir Erscheinungen vor, fälscht Deine Eindrücke und Gedanken, wacht über Dir, lenkt Dich und weiß allein wohin. Aber überraschtest Du ihn selbst in dem Augenblick, wo er Dir eine neue Falle legt, Du hättest doch nicht den Mut, ihn zu entlarven." ... „Welche Herausforderung!" sagte Cromer laut. „Wie er seiner Sache gewiß sein muß! Er weiß wohl, ich werde seine gefälschten Briefe weder einem Sachverständigen noch dem Untersuchungsrichter bringen. Ich werde das Zimmer meines Dieners, der für ihn arbeitet, nicht durchsuchen lassen, werde mich gar nicht wehren, ihm nie in den Weg treten. Denn was wäre mir seine Entlarvung? Eine Befreiung? Leider nichts weniger als das. Oder ein Beweis? Daß er betrügt, beweist nichts gegen das Mysterium, auf das er sich beruft. Ich war ein zu sauberer Geist, ohne Falsch, und darum ohne Verzücktheit. Das Mysterium ergibt sich wohl in den Charlatanen, die es ausnützen, aber empfinden. Mir bleibt nur übrig, dem Charlatan zu folgen, wie sie selbst ihm gefolgt ist, — wenn ich denn reif bin für das, was er verspricht. Die Liebe einer Toten: wäre es denn das Äußerste? Das Wunder der Ankunft aus der Ewigkeit, des Sichfindens, Einswerdens und nicht mehr Zweifelns — wie? Sollte alles dies Unmögliche den Toten möglicher sein als den Lebenden? Sie komme, ich bin bereit." Und wieder unter ihrem Bild: „Ich liebe dich, Lida, so sehr, daß du wahrhaftig wiederkehren solltest. Ich würde es dir glauben — und auch nicht glauben. Sieh! ich küsse dein Haar, und weiß doch, es ist gar nicht deins. Wenn es noch von deinem Nacken hinge und dein Atem noch warm wäre, würde ich dich wohl wieder sterben lassen, wie das erste Mal. Diese Sehnsucht ist ungeheuerlich, sie ist verworfen und lächerlich ..." Er stieß einen Schrei aus; hinter dem Rahmen des Bildes hervor glitt ein Papier; in ihren Schriftzügen las er: „Niemals habe ich Dich betrogen." Und er, der ihr Geständnis empfangen und ihren Tod gebilligt hatte, sagte: „Ich glaube dir! Verzeihe mir!"

Er wartete, damit zwischen ihm und ihr der weite Raum geringer werde. Auch empfing er Zeichen, als sei sie schon nahe. „Halte Dich fertig, mit mir zu kommen; ich darf nicht bleiben." Mit ihr? Wohin? Was näher kam in Wirklichkeit, war also der Schlußakt des Betruges, der ihn umkreiste, — und schloß der Plan mit seinem Tode? „Muß ich nun doch, mehr als ich möchte, auf meiner Hut sein? ... Ich hoffe es nicht. Ich und der unbekannte Andere, wir haben viel seelische Kraft aneinander gewendet; ich bin sicher, er würde so ungern einen Revolver auf mich abdrücken wie ich auf ihn." Übrigens war schon der nächste Brief deutlicher: „Bereite alles vor. Wir werden lange und weit fort sein; Du kannst nicht verstehen, wie weit und wie lange. Nimm mit, was wir brauchen." Er nickte; man deckte das Spiel auf. Er sollte bestohlen werden, im großen Stil, wie es schien, aber doch nur bestohlen ... An diesem Abend saß er ihr gegenüber und dachte: „Nun hast du den Vorhang fast schon gehoben. Eine letzte Anstrengung! ...

Denn sieh, dir glaub ich, unbeschadet dessen, daß ich das Spiel des anderen durchschaue." Cromer lachte leise. „Er, der Ärmste, durchschaut mich keineswegs. Nur du hast schon längst begriffen, daß man glauben, den Abenteuern des Glaubens sich ergeben und doch klarsichtig bleiben kann; lieben, sehr lieben, und dabei noch wissen ... Was ich morgen in der Stadt vorhabe, würde dich laut auflachen lassen — und nur dich!" Dabei lauschte er auf ein noch gedämpftes Lachen, das stolz, leichtsinnig und nach geheimer Trauer klang.

In der Stadt blieb er einige Tage. Als er eines Abends heimkehrte, fuhr soeben durch das stille Welken des Sommers der erste Sturm. Die Blätter des Gartens sausten um ihn her, am Haus schlugen die Läden, Türen öffneten sich, und dahinter das Dunkel leuchtete manchmal fahl auf vom letzten Licht der fliegenden Wolken. Plötzlich stand vor ihm der Diener Philipp, weiß im Gesicht, so fassungslos, daß er es vergaß, seinen Eifer zu bekunden. Cromer beruhigte den jungen Menschen über die Gefahren einer Nacht wie diese und ging in sein Zimmer. Er machte Licht, legte ab — da hielt er ein: sie folgte ihm mit den Augen! Ihr Bild bewegte die Augen, ihre graublauen Augen, die sachlich blickten und doch voll Spiegelungen schönerer Himmel waren. Nie vergessen, da strahlten sie wieder; sie war da! Ein langer Schauer durchlief Cromer mehrmals. Der Betrug vollendete sich, dieser ungeheuerliche Selbstbetrug, der die tiefste Wahrheit seines Lebens war. Ohne ihre Augen loszulassen, mit befangenen Gebärden, nahm er aus seinem Rock die Brieftasche, öffnete sie, breitere die Wertpapiere, eigens mitgebracht, auf den Tisch, zählte sie den Augen vor, die allem folgten. Eine Minute stand er noch, atmete schwer und hielt angstvoll den Blick erhoben. Die Augen dort oben schlossen sich gewährend: und Leo Cromer ging leicht schwankend aus der Tür. Mit verhaltener Hast tastete er sich im Dunkeln zur Schwelle des Nebenzimmers, des Zimmers der Toten. Ein Lichtschein fiel heraus. Cromer zögerte lange, dann öffnete er wie im Traum. Da lag nun ihr Zimmer; selten seit ihrem Verschwinden und nur leichthin hatte er es betreten. Er hätte nicht gedacht, daß es aussähe, als habe sie es auf Augenblicke verlassen; das Licht brannte, gleich mußte sie zurück sein. Ihr Schritt? Nein, noch nicht; nur sein Herz fühlte er gehen. Die alten, leichten Tafeln von Rosenholz, deren zerbrechliche Schnitzereien diese Wände überzogen, nachdem sie hundert Jahre lang in einem unbekannten Haus ihre Glätte verloren hatten, sie bebten noch wie sonst bei jedem Windstoß, wie Kulissen, aufgestellt um die schöne, erfahrene Spielerin, die hier zu Gast war. Ein stärkerer Schlag des Sturmes, ein Ächzen im Holz — und ein aufgestörter Duft. Ihr Duft! Ihr Fächerschlag! Die Sinne so sehr gespannt, daß er zu schweben meinte, hörte Cromer dicht hinter der dünnen Wand das Rauschen ihres Kleides. Er wollte rufen; da ging das Licht aus — und mitten im schwarzen Sausen des Wetters unterschied er das trockene Klappen der Tür, der schwanken Kulissentür, durch die sie eintrat. Sie war im Zimmer.

„Lida?" sagte er stimmlos, einen Arm ausgestreckt in das Unsichtbare. Und auch die Antwort kam geflüstert, wie aus einer tief erschütterten Brust.

„Leo."

„Endlich", sagte er. „Du bist zurück. Ich wäre sonst auch gestorben, wie du."

Da ward ihre Stimme vernehmbar, ja, ihre klare und süße Stimme hörte er wieder. „Lieber", sagte sie, „ich war nicht tot. Nur wer nicht geliebt hat, stirbt."

„Ist es wahr?" sagte er stehend. „Ist es dies, was du erfahren hast?" Er trat rasch vor sie hin, auf ihre Stimme zu.

„Ich bin gekommen, um es dir zu sagen", — und in einem Schein, der vorüberflog, sah er, sah ihren Mund sprechen, ihre Augen leben und erkannte ihr helles Haar. Der oft umfangene Fluß ihrer Glieder bewegte sich, einen Herzschlag lang, vor seinem Blick, ihre Hand stand vielsagend aufgerichtet. „Du weißt noch nicht, Lieber, wohin ich dich führen muß, und wie teuer es ist, mich wiederzusehen. Bist du denn bereit?"

„Zu allem", sagte er, „deine Lippen!"

„Noch nicht. Mach dich fertig, geh, und dann folge mir!"

Eilig und geschäftsmäßig fielen die Antworten.

„Wir haben einen Wagen?"

„Wir haben einen Wagen. Du nimmst alles mit."

„Ja."

„Alles, was du besitzest?"

„Ja. Deine Lippen."

„Komm!"

Ein neuer Schlag, ein Schein, und darin ihr Gesicht, grell vorgestreckt, tiefe Schatten um die fahlen Lider, worunter der Blick verging, und die Lippen, geisterhafte Rosen, aufgeblättert zum berauschenden Zerfallen ... Er kehrte zurück aus diesem Kuß, wie aus allen Abgründen, ermattet, blind, noch umwölkt von der Ewigkeit. Taumelnd fort in sein Zimmer, auf einen Sessel hingebrochen, die Augen bedeckt und schweigen ... bis dahinten im Garten Schritte liefen und Räder knirschten. Das Geräusch eines Autos: es verlor sich schon. Cromer stand auf. Ein Blick auf den Tisch: alles, wie vorausgesehen, war fort. Er trat unter das Bild; die Augen waren ausgeschnitten. Sie hatte glänzend gespielt, die Frau hinter den ausgeschnittenen Augen, und war nun wohl von dannen mit ihrem Herrn, dem Unbekannten. Auch Philipp, sein anderes Geschöpf, war fort mit ihm. „Gut denn: der Mechanismus des Wunders hat sich bewährt bis ans Ende. Aber auch hier", sagte er, mit dem Finger auf seiner Brust ... Er schloß die Läden der Gartentür, der Diener hatte es sich erspart. „Er war erregt, keiner von uns hat es leicht gehabt heute. Ich werde nun schlafen dürfen, ich werde wieder gut schlafen und wohl in Frieden altern dürfen. Jene drei müssen leider durch die Sturmnacht fahren mit ihren Wertpapieren — die wertlos sind, die so wertlos sind, daß man die Diebe nicht einmal festnehmen wird, wenn sie sie vorlegen."

Der Bruder

Peter Scheibel blieb nach dem Tode seiner Eltern zurück als ganz verarmter Siebzehnjähriger und mit einer kleinen Schwester, die niemand hatte, als nur ihn. Er sagte sich, daß er auf der Schule und später auf der Hochschule wohl sich selbst noch würde durchbringen können, unmöglich aber ein heranwachsendes Mädchen; und ohne Säumen ging er auf die Suche nach einer bezahlten Arbeit. Er fand sie bei Fülle und Sohn, Häute, zuerst als Ausgeher, aber bald ließen sie ihn Briefe schreiben. Nach acht Jahren war er Buchhalter und hatte ein Zimmerchen für sich allein, auf einen Hof hinaus, der nicht hell war, außer im Hochsommer mußte man immer das Gas brennen. Luft und Licht fand er zu Hause; ihm dünkte es oft, kein Mensch könne zu Hause, die kurzen Stunden, in denen dies erlaubt ist, so viel Sonne und frohes Herz finden. Sie wohnten hoch über einem weiten Platz, mit elektrischen Bahnen, Obstkarren, Soldaten. Ihr kleiner Balkon trug Blumen und Änne drinnen sang. Andere hörten sie nicht von draußen, ihre Stimme war nicht stark; der Bruder aber blieb auf der Treppe stehen und hörte sie.

Sie war erwachsen in den acht Jahren unter seiner Pflege, seinen steten Gedanken, als Lohn für alle seine Mühen; aber noch blieb sie zart und unsicher, nicht nur von Gesundheit, auch in ihren Formen, Farben und in ihrer Art, das Leben zu nehmen oder es vorauszuahnen. Bei ihren wenigen Bekannten galt sie für langweilig oder hochmütig, manchmal argwöhnten sie Bosheit. Nur ihr Bruder kannte sie wirklich, er war stolz darauf, wie auf eine treu erworbene Vertrauensstellung. Ihr ward es nur leicht bei ihm. Nur bei ihr war er glücklich. Am Abend mitunter und dann, wenn sie ihm Gutenacht wünschte, sah er auf zu ihr, staunte eine Weile und nannte sie Beatrix. So hatte eine Prinzessin geheißen, in einem Buche mit bunten Bildern, das sie zusammen lasen, als er zwölf und sie fünf Jahre alt war. Damals schnitt er Ihr aus Papier den goldenen Gürtel, wie er von den Hüften der Prinzessin fiel. Wenn sie über ihrem langen Hemdchen den Gürtel hatte, hieß sie Beatrix. Ob sie ihn überzeugte? Ob er es entdeckte? Ihr eigentlicher Name und ihr Wesen, das nur er sah, waren Beatrix. Ihm blieb nichts übrig, als ihr die Rechte zu erobern, die ihr natürlich waren.

Aber noch wollte sie nichts; sie lächelte schwach und wegwerfend zu seinen Versprechungen von Kleidern und Schmuck, für künftig, wenn sie reich sein würden, wenn seine Ersparnisse den Nutzen getragen haben würden, auf den er sann. Es kam unbemerkt, sie war damals zwanzig — und als er es dann doch sah, wie gern sie jetzt ihren bescheidenen Tand trug, begriff er noch immer nicht, daß etwas vorging. Ihre Kopfhaltung machte ihn aufmerksam, das freiere Auftreten, die erwachte Anmut und dann dies Lächeln, das stolz einlud: „Sieh doch!" Was er aber sah, ward dem Bruder nicht früher klar, als bis er Fremde es nennen hörte. Sie sagten: „Die Änne Scheibel ist aber schön geworden." Er hörte es und ward von einer solchen Freude erfaßt, daß er in der winterlichen Straße plötzlich eine laue Luft spürte und Rosen roch. Beim Betreten des Hauses fand er endlich Worte. „Jetzt haben sie es heraus!" sagte er. Jetzt sahen alle ihre wahre Natur, und nicht mehr nur für ihn war sie eine Prinzessin. Freilich verlor er dadurch einen Vorzug und einen großen geheimen Stolz. Ihr aber tat die Bestätigung so wohl! Unter den Blicken, die sie bewunderten, entfaltete sich ihre Schönheit, ihm schien, ins Ungemessene. Ihn blendete sie nur noch. Hiervon hatte er trotz allem keinen Begriff gehabt: ein Gesicht, so klar, als sei er Fleisch gewordener Edelstein! Und aufgeblüht das Gold der Haare, in den herangereiften Gliedern irgendein ungeahnter Saft — die Hand aber, man konnte sie unmöglich noch nehmen ohne Demut, sie konnte sie unmöglich anders geben als mit Herablassung. Sie spürte es selbst, denn sie lachte manchmal auf dabei, übermütig und wie zum Spott auf ihn und sich, weil alles sich nun auf diese theatralische Art gewendet hatte. Er zahlte ihre Kleider, die teurer wurden, aber nicht sie hatte jetzt zu danken, sondern er. Dazwischen zeigte sie ihm unversehens ein ernstes, vertrauliches Auge, das sagte: „Du verstehst natürlich, es ist meine Rolle. Im Grund bist du alles. Was wäre ich! Glücklich bin ich, weil du nun belohnt bist."

Aber sie hatte durchaus den Willen zu ihrer neuen Rolle. Sie ging aus, trat auf, und trug Siege heim. Sie besuchte eine Schauspielschule, kannte Kavaliere, schlug Heiraten aus, die ihr nicht angemessen waren. Er mußte häufig warten auf sie am Abend, und kam sie heim, brachte sie Unbekanntes mit. Erlebnisse, Möglichkeiten und Fragen an das Schicksal, in die er nicht immer wagte hineinzuhorchen. Sie aß reichlich, wie ihre Schönheit es erforderte; es geschah aber, daß sie den Teller fortschob, die Arme weiß auf den Tisch stellte, und, zwischen ihnen kurz den Kopf rückend, über das zu geringe Zimmer hinsah, die dürre Hängelampe, und auch über ihn — gereizt hinsah, auch über ihn, und doch, als, sei sie abwesend. Da erschrak er so tief wie noch nie. Sein alter Rock brannte ihm plötzlich auf dem Rücken, und leise, aber angestrengt schob er sich mitsamt seinem Stuhl vom Tisch fort, damit sie ihn nicht mehr rieche. Denn ein wenig, trotz aller Vorsicht, roch er wohl nach Häuten. Daß er es nicht bedacht hatte, kürzlich, als ihre Freunde sie besuchten! In einer entsetzten Scham ward es ihm fühlbar, daß er zu viel da sei, und daß er Ansprüche mache, unberechtigte Ansprüche, indem er da sei. So begann er ins Café zu gehen, saß einsam und grübelte, weil in diesem Augenblick die Damen und Herren, die mit ihr einen heiteren Abend verbrachten, sie in dem mißverständlichen Rahmen des zu geringen Zimmers sahen. Konnte dadurch nicht ihre Ehrfurcht leiden! Ach! es war klar, daß dies nicht mehr weiter führte, und daß er selbst, nur er die Schuld daran trug. Er hatte eine Prinzessin bei sich aufgezogen und zeigte sich nun unfähig, die Mittel zu beschaffen für ihre Hofhaltung. Seine Ersparnisse, die bisher ihre Toiletten bezahlt hatten, waren schon dahin; was nun? Sie wartete, und die Jahre vergingen, die ihre Jugend waren. Er stahl sie ihr, er war ihr Feind! Einst bekam er im Geschäft eine unerhört große Summe in die Hand und behielt sie eine Nacht lang, obwohl sie schon abends wäre abzuliefern gewesen. Es war die Nacht, in der er mehrmals starb und mehrmals lebte wie noch nie. Als es Morgen ward, war er dem Abgrund entronnen, und was er fühlte, war Erbitterung gegen sie, die Gläubigerin, die ihn so schwer bedrängte. Er wolle sie einem braven

Manne geben, beschloß er hart — aber wie flehentlich bat sein Herz es ihr ab, als sie am Abend vor der Tür seines Geschäftes stand und ihn abholte. Schön und vornehm wie keine, ging sie dennoch an seiner Seite durch die glänzendsten Straßen. Hinter der erleuchteten Glastür eines Friseurladens sah man eingeseifte Herren sitzen, streng, würdig, aber doch abgerüstet. Im Vorbeigehen beugte die Schwester sich vor das Gesicht des Bruders. „Da sitzen sie," sagte sie und hatte um ihren karminroten Mund zwei Züge von Haß und Hohn. Noch beim Abendessen dachte sie wohl daran, denn unvermittelt lachte sie auf, und wie er hinsah, war es wieder dies Gesicht. Da sie merkte, er sah hin, verwandelte es sich, und ihre Augen tauchten in seine, mit einer solchen Kraft von Mitleid, Dankbarkeit und Wissen, daß er fühlte: „Geschehe was immer." — „Wir wollen doch noch unsere Partie spielen," sagte sie, da ward ihm schon wieder bang, denn es klang wie ein letztes Mal. Dann gab sie die Karten mit ihren Händen, von denen Duft wehte. „Du schwindelst wohl?" sagte sie heiter, da er gewann; und langsam, mit verlorener Miene in die Lampe starrend: „Ach nein. Am schwersten wird man die Anständigkeit los."

Künftig zeigte er sich noch seltener, er durfte nicht länger sich dazwischendrängen in den Lebenskampf, dem er sie nicht hatte entheben können. Was sie fortan erlebte, gehörte nur ihr — und wohl noch einem, aber nicht ihm. Sein waren die Angst, die Sehnsucht und der Zorn, dies gehetzte Herz, das anbetete und verwünschte in einem. Er wußte gleichwohl immer, was vorging; ihm schrien es Dinge zu, die kaum waren, ein Hauch in der Luft, ein Schatten in zwei Augen. Er kannte den Mann — hatte ihn nie mit ihr gesehen, war ihm unbekannt, und stand doch unter einem Haustor, um ihm entgegenzublicken, der Gestalt des Schicksals, um ihm nachzublicken, dem Gang des Schicksals, unerbittlich wie es ging, und ganz fremd. Einmal aber verließ er das Geschäft zu einer ungewohnten Zeit, ein hohes Fieber nötigte ihn; und zu Haus nahm er wahr, sie waren da. Er stand, atmete nicht, und hörte. Ein entzückter Klang drang hervor, und ja, dieser Klang: Beatrix. Da ging er fort, fiebernd, aber seine schnellen Pulse klopften wie ein Glück — ein Glück, sei es wie immer. Sie hatte von dem, den sie liebte, genannt werden wollen, wie von ihm! Wenn sie sich von Liebe verklärt fühlte, ging sie in das Märchenwesen ein, das sein, sein war. Er fühlte: Meine Schwester!

Tage zogen vorbei, da sie ihn wohl ganz vergessen hatte, und Tage, an denen sie ihn nicht fortlassen wollte; aber er wußte, wann es aus Güte und ruhigem Sinn kam, und wann er sie retten sollte. Er rettete sie nie; sie mußte allein an sich tragen, er konnte ihr nur stumm und treu wie ein Hund bedeuten, daß er Bescheid wisse um ihre gekrampften Mienen, die Trennung hießen, bevorstehender Zusammenbruch, Angst des Endes, um ihr Umherirren und Seufzen, worin schon neue Hoffnungen sich meldeten, ein anderer Mann, und wieder Leichtsinn und wieder Schmerz. Ihm schien die Zeit stillzustehen in allem Hin und Her, das nur ablief und zu nichts führte, und dem er beiwohnte in immer gleicher Demut und Ergriffenheit. Dennoch erschien ein Abend — sie hatte ihn nicht fortgehen lassen, und war selbst nicht vorbereitet zum Ausgehen, setzte sich hin bei ihm, fand keine Ruhe, hatte schon ihr Zimmer aufgesucht und kam noch zurück. Er sah auf, erstaunt wie von jeher, wenn die Gunst des Augenblicks ihm ihren Anblick schenkte. In ihrem Gesicht aber entstand nichts von der kleinen Freude, die sein Staunen sonst ihr schenkte. Seltsam, sie hatte ein Gesicht, als sähe sie, nun sie zu ihm sprach, nicht sich, sondern wie vor Zeiten, wirklich ihn. Sie sagte: „Hast du denn eigentlich nie daran gedacht, zu heiraten?" Er bedachte, was ihr denn einfiele. Um Zeit zu gewinnen, sah er an sich nieder, und er murmelte: „Jetzt doch wohl nicht mehr." Dies war es aber nicht: in ihm stammelte es anders. „Wer, wie ich ..." Und: „Beatrix!" Ihr Blick zog sich schon zurück, sie sah nicht weg, und sah schon nicht mehr ihn. „Hättest du geheiratet," sagte sie, „vielleicht würde ich dann ein Asyl gehabt haben, wenn es mit mir aus ist." Er schrak auf, fassungslos: „Mit dir!" Da schwieg sie zuerst gramvoll — und sagte dann, mit einer Stimme wie eine Kranke: „Sieh mich doch an! Sieh mich doch nur wirklich an!" Und weil sie es wollte, sah er sie, sah mit einem Schlag alles. Sie hatte die Lippen heute nicht gefärbt, die Haut des Gesichtes gelassen, wie sie war, dem Blick nicht nachgeholfen, das Kleid umgehängt wie um irgendeine Nebenperson, und stand auf einmal da, als sei sie entblößt von einem goldenen Nebel und in den Alltag versetzt. Die Augen erkaltet von Enttäuschungen und geschwächt von Verlusten, der Zug des Hohnes eingewurzelt um den Mund, umgewühlt die Stirn wie ein Feld mit Leichen und müde dies menschliche Wesen nach getragenen Lasten, entstellt das Antlitz und der Leib durch Kampf, den täglichen Kampf um das Brot der Seele und um ihr Dasein, den nie entschiedenen Kampf: so stand sie vor dem Bruder, der die Hände erhob, langsam aufhob und sie faltete. Da sie sah, er habe begriffen, sagte sie: „Diese acht Jahre waren eine lange, lange Zeit." Und während ihre Stimme, kranke Kinderstimme, noch nachklang, strich sie tastend über ihre Hüften, als seien sie wund oder als suchte sie nach ihrer verlorenen Form. Da riß er sie an sich, und hinsinkend weinten sie.

Das Gesicht noch trocknend, eilte sie schon fort. Unter der Tür, zurückgewendet, sagte sie: „Morgen gehe ich auf eine Reise. Du kannst unbesorgt sein ..." und sagte es inständig, als setzte sie hinzu: „Glaub' mir oder doch lass' mich es glauben!" Morgen kam, und sie war fort, und er in seinem Hofzimmer beim Gaslicht erdrückte mit beiden Händen in seinem Herzen, was er wußte, sein ungeheures Wissen. Zwei Tage, da rief man ihn in die Frauenklinik: tot sei sie, tot sei seine Schwester. Er ging und beugte noch einmal seinen grauen Kopf vor ihrer unvergänglichen Schönheit.

Der Sarg schwankte hinaus, da war ein Mensch da und hielt dem Bruder die Hand hin. Es war ihr erster Geliebter, jener, der an Gestalt und Gang dem Schicksal geglichen hatte. Armes Schicksal, verstört und bleich. Trotz der trüben Frühe standen draußen Leute, um den Sarg zu sehen. Der Bruder hörte sagen: „Sie war nur eine ..." Er sah sich nicht um nach dem Wort, er dachte: „Wißt ihr denn gar nichts?" und er fühlte Verachtung und Mitleid.

Die Verjagten

Seit gestern ist nun auch die sechzehnjährige Linda Barocci gestorben. Alle, die sie kannten, sagen, daß sie glücklich zu leben verdient hätte, denn sie war gut und tapfer, was sie schon lange vor ihrem letzten Unglück bewiesen hatte, draußen vor Porta Agnese bei ihrem Verwandten Nazzarri, der ihr nachstellte. Nazzarri Umberto hatte seine Gärtnerei gleich hinter dem Heiligtum Santa Agnese. Er war ein stattlicher Mann mit lebhafter Gesichtsfarbe. Die Linda, blond, weiß und sehr zierlich, fand ihr Heil, wenn die Laune ihn ankam, stets nur in ihrer Schnelligkeit. Denn der Garten ist groß und geht in das offene Feld über. Wenn der Nazzarri der Kleinen lästig fiel, trat manchmal seine Gattin dazwischen, die Frau Amelia, oder besser gesagt, sie rief ihrem Gatten von der Tür her Namen zu, die keine Kosenamen waren; aber persönlich zur Stelle zu sein ward ihr schwer wegen des Gewichts ihres Körpers. Diese beleibte Person hatte ein gutes Herz, das die Linda die versuchte Untreue ihres Gatten nie entgelten ließ. Vielmehr bezeigte sie ihr das innigste Mitleid und warnte den Nazzarri vor allem Unglück, das seine böse Lust nicht verfehlen werde heraufzurufen. Er aber wollte nicht hören. Gereizt durch den Widerstand des Mädchens, hetzte er sie oft umher wie toll, und besonders zu der Stunde, wo auf die Campagna die Dämmerung herabsteigt. Dann sahen Nachbarinnen Linda dahin huschen über den Boden, klein und leicht wie eine Fledermaus, und irgendwo darin verschwinden. Denn die Erde hat dort versteckte Löcher, die zu den alten Katakomben hinabführen, und in ihnen findet man schwer den, den man sucht, wenn auch zuweilen solche, die man nicht gesucht hat, und die das Licht scheuen. Der Nazzarri mußte draußen warten, bis es der Linda gefiel, zurückzukehren. Einmal, sagten sie, habe er achtundvierzig Stunden lang warten müssen. So verzweifelt war das Mädchen, daß es sich drunten verirrt hatte und halb verhungert hervorkam.

Dem konnte die gute Tante Amelia nicht länger zusehen. Sie und die Linda taten soviel und soviel, bis endlich der Nazzarri dem Mädchen zu gehen erlaubte. Sie suchte sich eine Stelle als Magd in Rom, er war aber dahinter, daß es bei strengen Leuten wäre und in einem Haus ohne Jugend. Die Frau Gräfin Marinotti hat ihren Palast in Via Argentina und bewohnt ihn allein mit ihrer Zofe und Haushälterin Bona Chichetti, die bei Jahren ist wie sie selbst und eine Gehilfin braucht, und diese war die Linda. Sie erlangte die Zufriedenheit der beiden Alten, und so oft der Onkel Nazzarri sich einstellte — er stellte sich aber jede Woche zweimal ein mit seinen Gemüsen — ward ihm geantwortet, daß nichts Unrechtes zu merken sei an der Linda. Denn sie gehe nur aus, wenn ihr Dienst es verlange, niemals am Abend, und kein Mann komme ins Haus. Eines Tages aber sollten die guten Alten einen kommen sehen. Er war erst achtzehn und war ein Kohlenträger, Aldo Canta, von Montereale, Provinz Aquila, woher auch die Linda kam. So trug er ihr das Säckchen mit dem Holz, das sie geholt hatte für den Herd, und folgte ihr bis vor das Haus. Schon beim zweiten Mal aber ging er mit ihr die Treppe hinauf, zu dem Saal im Adelsstock, wo die Frau Gräfin in Gesellschaft ihrer Zofe Chichetti bei einem Kohlenbecken saß. Und als sie die beiden jungen Leute auf der Schwelle sah, rief sie ihnen zu, herbei zu treten, und sie taten es, und Aldo sagte, daß er der Linda wohlwolle, und sie sagte, daß sie beschlossen habe, ihn zum Mann zu nehmen. Da aber die beiden Alten erwähnten, den Fall müßten sie dem Gärtner mitteilen, fing das Mädchen zu weinen an und der junge Mann weinte mit ihr aus Zorn, weil sie ihm gesagt hatte, wie die Dinge standen. Die Tränen der jungen Leute bewogen sowohl die Gräfin wie die Zofe zum Mitleid, so daß sie dem Nazzarri, als er wiederkam, die Sache verschwiegen. Dennoch aber faßte er Verdacht, weil das Mädchen nicht mehr zaghaft schien, sondern den Kopf hob und sang. So kam es, daß der Aldo und die Linda, als sie eines Abends, schon im Dunkeln, vor dem Haus hin und her gingen, um die Ecke der Via Barbieri den Nazzarri erscheinen sahen, und dieses Mal ohne Gemüse und in der Haltung eines Spähenden. Das Mädchen, zitternd vor Furcht, griff nach der Hand des Verlobten und zog ihn hinter die Haustür. „Er hat uns schon gesehen," flüsterte sie. „O mein Aldo, was jetzt?" — Er sagte: „Ich will mich nicht verstecken, laß mich hinauf, Linda, und du sollst sehen wie die Sache endet." — Sie hielt ihn aber fest mit aller ihrer Kraft und beschwor ihn, daß er das, was er meine, um Gottes willen nicht tue, denn der Nazzarri sei der Bruder ihrer Mutter. Und damit er nichts unternehmen könne, zog sie ihn die Treppe hinauf. In die Haustür sprang schon der Nazzarri und war sogleich hinter ihnen her. Sie liefen über die erste Treppe. Der Gärtner, auf ihren Fersen, rief: „Das sollst du mir bezahlen, Verführer meines Kindes!" und Aldo rief zurück, schon von der zweiten Treppe: „Bezahlen wirst du selbst!" Da waren sie im Adelsstock und von dem Geschrei kamen die beiden Alten hervor. Durch sie ward der Gärtner aufgehalten, die jungen Leute erlangten einen Vorsprung, sie erreichten ein Zimmer unter dem Dach und sperrten sich ein.

Da atmeten sie nun nach dem Lauf, standen und sahen erregt einander an. „Ich wollte es nicht sagen," gestand Linda, „aber ich wußte es, denn ich hatte einen Mönch von Sant' Agnese gesehen, der uns beobachtete, und so wußte ich, wir seien verloren." — „Das sind wir nicht," sagte Aldo. — „Aber er wird mich Dir fortnehmen." — „Das wird er nicht tun," sagte Aldo. Und inzwischen hörten sie schon seinen Schritt vor der Tür. Er riß daran und trat dagegen, obwohl die beiden Alten ihm zuredeten; aber er hörte nichts und schrie nur immer nach dem Verführer seines Kindes. „Wohin mit uns, wenn die Tür zerbricht," sagte Linda. Aldo aber öffnete das Fenster und sah, daß das Zimmer in einem Winkel des Hofes lag. An der andern Wand des Winkels war ein Balkon, dorthin dachte er zu entkommen mit seiner Geliebten. Er sagte ihr, er wolle den Gang wagen über den Abgrund, und dann werde er ihr zu helfen wissen. Aber sie zeigte ihm die klaffenden Risse in dem Stein des Balkons, seine lockeren Eisenklammern und dahinter das verfallene Haus. Denn dort ist ein Haus, das seine Bewohner verlassen haben, und die Arbeiter, die es wieder herstellen sollen, betraten es noch selten. Der junge Kohlenträger sprach nichts mehr, er schwang sich, indeß Linda dastand ohne Regung, über das Fenster, er faßte ein Stück Eisen in der Mauer, trat in eine Lücke zwischen den Steinen, dann in die nächste, und so bis zu dem Balkon. Behutsam stieg er hinein, und aus dem Zimmer dahinter holte er eine Leiter, die schob er hinüber, in das Fenster zur Linda. „Komm!" sagte er, und sie kam — über die Leiter, die er nicht auf die unsichere Brüstung des Ballons legte, sondern in seiner festen Hand hielt. Wie sie aber mitten über der Tiefe kniete, gab im Zimmer hinter ihr die Tür nach und der Nazzarri stürzte herein. Ein Blick, erstarrt waren sein Geschrei und seine geschwungene Faust. Die beiden Alten kam eine Schwäche an. Der Aldo drüben empfing in seinen Armen die Linda, und gemeinsam traten sie in das Dunkel des verlassenen Hauses.

Wer sich nicht zufrieden gab, war der Gärtner. Er machte Aufruhr im Hof und auf der Straße. Die meisten lachten ihn aus, auch die Wächter glaubten ihm nicht, denn das Haus war verschlossen von allen Seiten. Mehrere Neugierige fanden sich immerhin, die im Hof Übungen anstellten, um ein langes Seil bis dort hinauf und über den Balkon zu werfen. Zum Schluß gelang es ihnen, aber wie man ein wenig daran zog, fiel ein Stein herab, und so ließ man es. Erst am Morgen konnte der Nazzarri den finden, der den Schlüssel hatte, und das Haus aufsperren. Hierbei drangen Viele mit ein, denn der Fall war in der Straße umhergekommen, und sie sahen es als ein Abenteuer an, das nicht ohne Grauen und Gefahr wäre, führten einander irre im Haus, erschreckten einander und ahmten die Stimmen von bösen Geistern nach. Die Liebenden inzwischen zogen sich vor der nahenden Menge zurück, aus dem Innern des Hauses, hin und her, bis in seinen äußersten Winkel, und so fanden sie sich am Ende wieder in dem Zimmer, durch das sie hineingelangt waren. Es sah so wüst und kahl aus im Tageslicht, als eröffnete es ihnen, hier ende die Welt. „Nun geht es in Wahrheit nicht weiter," sagte Linda. „Nur einen Schritt noch," sagte Aldo. „Mit Dir!" sagte Linda, und sie traten auf den Balkon hinaus, an seinen Rand, der schon wankte. Vom Hof die Leute sahen es, welche ernsten Gesichter sie beide hatten, die Augen groß aufeinander, und blauer Himmel nahm ihre Stirnen auf. Unter ihren Füßen geschah ein Krachen. Ihre Arme hoben sich, sie wollten wohl hingreifen, wo ein Halt wäre; und so faßten sie Eines um das Andere. Umschlungen stürzten sie hinab. Aldo, der zuerst unten aufschlug, war sofort tot, die Linda fiel auf ihn, sie brachten sie noch lebend in das Hospital Santo Spirito. Zu ihrem Glück blieb sie ohne Bewußtsein. In der Nacht starb auch sie. Sie war sechzehn Jahre alt, ihr Aldo erst achtzehn. Sie hatte die Mutter in Montereale, Provinz Aquila.